Markus Daumüller

Emil, der Lebensblicker

Bibliographische Information der Deutschen Nationalbibliothek. Die Deutsche Nationalbibliothek verzeichnet diese Publikation in der Deutschen Nationalbibliografie. Detaillierte bibliografische Daten sind im Internet über dnb.dnb.de abrufbar.

Books on Demand GmbH

©2022 Markus Daumüller

Herstellung und Verlag:

BoD-Books on Demand, Norderstedt

ISBN 9783755749127

Emil, der Lebensblicker

Das Atelier von Emil lag am Rande eines kleinen Fischerdorfes. Eigentlich häufte sich hier das Gerümpel seiner verkorksten Anfänge: Leinwände, Farbeimer, Disharmonien. Es waren Erinnerungen an Gefühle wie Angst, Glück oder Trauer. Auch Liebe verzierte das Stillleben als exzentrische Farbkomposition. Volle Aschenbecher standen auf den Stapeln und gaben Auskunft über die anstrengenden kreativen Pausen, über das Ordnen des inneren Chaos. Die Intensität der Formen und Farben war eine Sprache der Sinne, der Ausdruck prägender Erinnerungen. Emils Atelier war Müllhaufen und Praxis für Psychotherapie in einem, der nutzloseste und wertvollste Ort seiner Seele. Er materialisierte seine Erfahrungen und verwandelte die Wirklichkeit in Poesie. Eigentlich war es ihre Bedeutung, die in

den Farben sprach, Momente seines nach bürgerlichen Maßstäben gescheiterten Lebens. Hier hatte er eine zweite Chance, dass der Blick in den
Spiegel Erinnerungen hervorbringt, die er verkraften kann, und das trostlose Leben sich als
leuchtende Erfahrung zeigt. In all den Jahren war
er Bankkaufmann, Autoverkäufer und Taxifahrer. Er verkaufte eine Vision von Reichtum, Besitz und Seelsorge. Die Lüge war Muster und
Motor seines Erfolgs. Dann hatte er genug davon
und fragte nach dem Sinn seines Daseins. Geld
konnte es nicht sein. Er hatte genug, aber die
Leere bohrte sich jede Nacht in seinen Kopf, und
er malte in seinen Gedanken das Leben als to-
desgleichen, ewigen Stillstand, ein emotions-
und teilnahmsloses, graues Nichts. Er verkaufte
sein Haus, seinen Porsche und die antike Vasen-
sammlung und verspürte das erste Mal Leichtig-
keit und Freiheit. Die sogenannte bürgerliche

Existenz war ein Realität gewordenes dadaistisches Bild, ein Höhlengleichnis-Schauspiel, Erfolg als Täuschungsversuch desselben Ich. Oder war er gefangen in einer posttraumatischen Belastungsstörung, die seine Urteilsfähigkeit verzerrte und auf die hässliche Lüge bloß eine schönere setzte? Konnte man der Lüge im Leben überhaupt entkommen? Seine Fluchten führten ihn in immer weitläufigere Welten: Vom Büro- und Zahlengefängnis in das Eldorado des Images und Angebens, von dort zu sich im Benz bewegenden Märchenstunden. Der Sprung ins Tor zur selbst komponierten Welt war nicht weit. Jetzt war er angelangt in einem surrealen Kartenhaus der Anschauungen seiner Erlebnisse. Nur die Farben sprachen, und nicht die Zahlen; das Leben entzog sich der Berechnung. Man konnte es nicht mehr vermessen, weil kein Maß dafür ge-

eicht war, außer dem Seelenfrieden einer ausge-
wogenen inneren Balance.

Die Tage verbrachte er mit Sinnieren, Kompo-
nieren und Ausprobieren. Er war so etwas wie
ein Getriebener, der seine biografischen Eruptio-
nen in eine neue Ebene hob. Die Sublimierung
seiner Erschütterungen war ein zähes Unterfan-
gen, sie sollte die Emotionen in Bahnen lenken
und diese im selben Moment zum Sprechen
bringen, ihre Bedeutungen und philosophischen
Implikationen. Ihre Verarbeitung auf der einen
und ihr Erwecken zum Leben auf der anderen
Seite führten zu einem mentalen Krieg um das
passende Kolorit. Das machte die Sache so an-
strengend und erklärte die vielen Zigaretten-
stummel. Emil malte ein rückblickendes Plateau
seines Lebens. Manchmal war es auch nur Flach-
land, das seine Sehnsucht nach Sinn vernebelte.
Farbtöne grenzten sich ab oder gingen ineinander

über, je nach Erinnerungskonstruktion und Explosionen seiner Sentimentalität. Abends war er abgekämpft von dieser anderen Wertschöpfungskette. Es war das innere Testament eines Lebenden, der dem Eigentum abgeschworen hatte und der Existenz ganz nah kommen wollte. Es war eine Art gestaltende Abrechnung mit dem Irrlichtern im Leben. So wie ein Wortmaler malte er psychische Verwachsungen seiner biografischen Momente.

Zum Beispiel hatte er jahrelang Spaß mit seinem Porsche. Wenn er vor dem Restaurant oder der Oper in seinem Designeranzug ausstieg, kam er sich vor wie ein Szenekönig, der die Tricks verstand und dem man ansah, wie man es im Leben zu etwas bringt. Den seriösen Anstrich des Geldes beherrschte er wie ein Zen-Meister; die Aura des Selfmade-Millionärs umwehte seinen Bühnenauftritt. Schnell war er nie gefahren, es ging nicht um solche Niederungen, sondern um das Gefühl, erhaben zu sein, so etwas gar nicht nötig zu haben. Es ging um Gelassenheit als Zeichen, überlegen zu agieren. Der Porsche und sein Ich verkörperten dieselben Charaktermerkmale. Schwarz war das Marmor, in das die Claqueure ihre Kopfgeschichten gravierten, vom Aufsteigen, vom Richtiggemachthaben, von Zähheit. So entstanden Apologien, Fabeln und Legenden als Matrix einer konstruierten Identität.

Jetzt ist ihm ein Plastikstuhl geblieben, auf dem er rauchend die Aufarbeitung dieses Irrtums bewerkstelligte. Der war rot, wie ein Stoppschild; er betätigte eine geistige Bremse, tauschte Purismus gegen Image. Der Stuhl stand jenseits von sozialen Hierarchien oder Auswirkungen von Geld auf die Beziehungen der Menschen. Er war das Antigemälde zu Kult oder gesellschaftlichen Ritualen. Auch zu Freud`scher Überinterpretation. Er verkörperte die individuelle Freiheit, Werte des Lebens selbst zu definieren. Wenn Emil darauf saß und floh, befand er sich außerhalb der bürgerlichen Wirklichkeitsgefängnisse.

Er war zurückgeworfen auf das Mischen und Zusammenreimen der Farben und Formen. Die Unendlichkeit der Kombinationsmöglichkeiten bot ihm neue Interpretationen seiner Lebensabschnitte. Auf der Acrylleinwand gewannen sie markante Leuchtkraft und wurden Sequenzen eines ethisch belastenden Erfolgs. Zum Beispiel war Emil Bereichsleiter für Baufinanzierungen. Der Traum vom Eigenheim verdeckte vielen jungen Familien die Sicht auf das Machbare und sie versklavten ihr Leben für die Rate. Je stärker der Zukunftstraum, desto gewinnbringender war die Utopie für Emils Bank. All die vielen Lebensglücksucher wurden zu Sklaven ihrer Finanzverpflichtungen und lebten in ihren Häusern ein trostloses Dasein. Die Maske ihres erdachten Glücks war in Wahrheit eine Gefängnismauer, die sie vom Leben fern hielt. So wurde er zum Totengräber unzähliger Wunschdenken, obwohl er Visionen wahr werden ließ. War er ein Scharlatan oder eine gute Fee? Er gab Kindern ein schönes Zuhause und raubte den ehrlichen Eltern den Schlaf. Sie waren fixiert auf die Erhaltung ihrer Illusion, und das mehrte sein Erfolgskonto in der Chefetage. Er konnte gar nicht so viel Geld verjubeln, wie die Boni wuchsen. Abends ließ er die Sektkorken knallen in gemieteten Stretchlimousinen, deren Stereoanlagen die ausgelassenen Launen seiner Freunde in die Nacht posaunten. Er war sehr freigiebig und tauschte immer häufiger die Freunde gegen Damen der Lust. Diese Übersättigung seiner Genusssucht befeuerte die Leere in seinem Herzen, und er verdrängte sie durch immer neue, ausufernde Orgien.

Jetzt rauchte er auf dem roten Stuhl Zigaretten und staunte darüber, dass die gelebte Schizophrenie keine farbliche Entsprechung fand. War es der Schleier, der diese Phase charakterisiert, oder seine finanzielle Sorglosigkeit, die eine Enthemmung seiner Süchte provozierte? War der Überschwang ein unbekannter Horizont seiner Erfahrungen, oder war er eine Fessel seiner Glückseligkeit? War er befreit oder gefangen in seinen Illusionen, so wie seine unbedarften Kunden? Emil vertiefte diese Fragen stundenlang. Er konnte es nicht fassen, dass das Spielen von Berufsrollen stärkere Halluzinationen hervorrief als Gras. Dass man überwältigt sein konnte von einer Inszenierung, aber den Vorhang übersah. Dass Leben und in der Wirklichkeit sein zwei voneinander unabhängige Dinge waren.

Dass sich Gold und Braun so ähnlich sind, hatte
er tatsächlich übersehen. Er kaufte sich noch einen blauen Plastikstuhl und stellte ihn auf die
andere Seite der Gemälde. Fortan wollte er diese
Dinge nicht nur von einer Seite betrachten.
Mehrmals wechselte er die Stühle und kam zu
neuen Einsichten. Dass diese Bewertungen an-
maßende Zuschreibungen sind. Er war nun einmal ein erfolgreicher Finanzberater, und er ver-
half Menschen, ihren Traum zu realisieren. Was
war daran schlimm? Es war eine Surrealität unserer Gesellschaft, keine seiner Biografie. Er hat
die Rolle gut gespielt und verdiente den Applaus.
Selbstlosigkeit und Rausch waren keine Wider-
sprüche, das redete sein Gewissen ihm nur ein.
Die Täuschung lag nicht in seinem Vergnügen,
sondern in seinem Denken darüber. Nun war das
Chaos in seinem Kopf perfekt. Er malte ein Yin
und Yang Bild und beobachtete den Sonnenun-

tergang, der es in Regenbogenfarben verzauber-
te, sodass die Gegensätze harmonisch verschmolzen.

Emil war auch ein guter Autoverkäufer. Er verkaufte keine technische Brillanz, sondern stillte
die Sehnsüchte seiner Kunden: Freiheit, Souveränität, Eigenständigkeit, ein schickes Gewand,
all das. Er war ein Profi im Malen schöner Bilder, seine Verkaufsgespräche brachten Augen
zum Leuchten und erweckten Fantasien zum Leben. Es ging um ein Wohlgefühl, und wie immer
ging es um Fluchtwagen, mit denen man der Realität seines engen Lebens davonfahren konnte.
Er hatte sich darin perfektioniert, zusammen mit
den Menschen, die ihm gegenüber saßen, zu
träumen. In den ledernen Verkaufssesseln saßen
junge Männer, die noch zu Hause wohnten, aber
sich ihren Traum vom Wichtig-Sein 700 Euro im
Monat kosten ließen. Sie fuhren ein Luxusauto,

aber ihr Abend endete bei Knäckebrot. Das war pubertäre Armseligkeit, doch diese Charakterschwäche kannte kein Alter. Umso besser für seine Provision, die ansonsten ältere Herrschaften zahlten, wenn sie sich freuten, einen Wagen für nur 70 Tausend gefunden zu haben. Emil war ein Makler der teuren Karosserien, aber verkauft hat er Design und ein Lebensgefühl, die Hüllen pathogener Wesen und ihrer Temperamente. Er spielte auf der Klaviatur gesellschaftlicher Universen wie Prestige, Ansehen, Renommee oder Leumund. Diese Blasen füllte er mit Inhalt, der eine Fiktion blieb oder sich in Form von Angeberei und Protz artikulierte. Eigentlich war das ein produktiver Beitrag zur Verschlechterung der Welt, aber ihm versüßte es den Alltag und vereinfachte das Leben. Natürlich veränderte es auch seine Persönlichkeit. Seminare hatten ihn gelehrt, mit Sprachschablonen zu punkten. Er war ein Roboter der Corporate Identity. Nicht einmal mehr seine Sprache war ihm geblieben, er war durch und durch ein Mensch ohne Eigenschaften geworden. Die Grenzen seiner Welt legten andere fest, die die Spielregeln machten. Was es sonst nur bei Robert Musil in der Literatur gab, wurde im Verkaufsraum Realität. Fließbandpsychologie war das Elixier dieses Geschäfts, und sein Ich wurde dabei verbraucht wie Öl im Getriebe. Je besser die Kasse klingelte, desto mehr von seiner Individualität verschwand für immer. Individualität war das, was er anderen kurioserweise als Wert verkaufte. Irgendwann war er zu einem Statist der schönen Fassade mutiert, auf die das Glück gemalt war. Ein aufgeklebter Werbespruch hätte seine Rolle übernehmen können, denn das war es, worauf seine Kommunikation verzwergt wurde. Er fühlte sich als erfolgreicher Autoverkäufer, aber Emotionen und Artikulation waren die von einem Niemand, schmal und reduziert auf Stereotypen des Verkaufsakts. War er Mephisto, oder brachte ihn eine seltsame psychische Deformation dazu, sich den Widerspruch zwischen der Maximierung des Profits und dem Verschwinden seines Ichs als erstrebenswert zurecht zu lügen? Emil war irritiert. Erfolg oder Selbstauflösung – wie sollte er diese Phase seines Lebens benennen? Wie konnte er sein Erdulden der gespaltenen Zunge verstehen? Häufig leben wir das Leben als Fest, merken aber nicht die Seelenlosigkeit, in der das Feiern versinkt. Was war los mit ihm, dass er das Marionettendasein als Errungenschaft bilanzierte? Natürlich musste er sich eine Vergangenheit schaffen, die er verkraften kann, aber er rätselte auf dem blauen Stuhl, welchem Maß er folgen soll: Der Sophistik seiner Warenpreisung? Das war eine Kunst, doch weil sie auch Staubsaugervertreter beherrschten, haftete ihr etwas Schmuddeliges an. Oder war es das Träumen, das er seine Kunden lehrte? Das Eingreifen als Gott in innere Bilder, in Schicksal und Fügung einer sozialen Ambition? Die Verführung oder Entlockung niederer Instinkte, eines ekelhaften Eifers? Eine Lebensphase, die von Kapitulation vor seiner Wahrnehmungsfähigkeit, seinem Empfindungsvermögen gezeichnet war? Vom blauen Stuhl aus sah er eine Treppe, auf der er immer höher stieg und niemals aufhörte zu klettern. Vom roten Stuhl aus hörte er auf, eine andere Persönlichkeit zu sein als seine Rolle. Der Stich ins Herz war ein überdimensionierter Blickfang, das Motiv der Wesenhaftigkeit seines Entwicklungsstadiums. Er war ein Gefühlstoter auf dem Höhepunkt seines beruflichen Erfolgs. Diese psychischen Strukturen seiner Errungenschaften erschöpften seine biographische Arbeit.

Im Rückblick war Schaffenskraft nur der Ausfluss einer Struktur der Entpersönlichung. Man konnte sie als Ausfallerscheinung jeder Wertebasis sehen. Sie war eines bedeutsamen Sinns im Leben beraubt. Das Geordnete, Formgebende stand der Zersetzung entgegen. Form und Formlosigkeit im selben Moment, Entgrenzung des Systematischen, Aufgeräumten, der Regeln einer beruflichen Karriere. Das erinnerte ihn an *Die Horde* von Max Ernst, in der die Fratzen unerkannter Wesen bedrohliche Konturen annehmen und die gesellschaftliche Zerlegung der jungen Demokratie arrangierten. Innere und äußere Prozesse, Werthaltigkeit und Wertlosigkeit, richtiges und falsches Handeln – immer neue Aspekte suchten nach farblichen Spiegelbildern. Er malte das Leben als blaues Meer, das sich vom Ufer entfernte und seine Protagonisten überforderte, und einen roten Stuhl im Meer, der dem Lachen der Wellen ein zaghaftes Stopp entgegenruft. Schwere Wesen schwimmen schlecht. Also weg mit dem Ballast, als den er sein Eigentum empfand. Das morose Aufarbeiten füllte die Aschenbecher, in ihnen artikulierte sich die Demütigung seiner Versuche eines gelungenen Fazits.

Die Hütte war ein gottverlassener Ort. Einsamkeit säumte seine Lebensbilder, er war ganz versunken in seinem inneren Film, dessen Regisseur und Zuschauer er zugleich war. In seinen Erinnerungen war Emil ein Held, und jetzt vergingen die Stunden so quälend wie im Beichtstuhl, in dem vermeintliche Sünden zur Sprache kamen. Sein inneres Selbst lief Gefahr, einer fremdbestimmten Moral zu verfallen, dabei sah der blaue Stuhl doch all die Errungenschaften, Erfolge, guten Taten, die ganzen Audienzen von Leben. Doch auf dem roten Stuhl verwandelte er sich zu einem Schausteller seines Gewissens. Der Erfolg

seiner Rollenspiele war ein Ausfluss von Miss-
brauch: Der Naivität, des Blendens, der Träume
vom besseren Leben. Das alles zahlte sich in ba-
rer Münze aus, doch in der Valuta ethischer
Maßstäbe war es Ausnutzen, Niedertracht,
Trittbrettfahren auf Gefühlen. So entblößte sich
sein existenzielles Bergsteigen als janusköpfiges
Problem der psychischen Organisation von Er-
lebtem. Held oder Schuft, erfolgreicher Player
oder skrupelloser Lügenbold - welche Rolle den
Film dominieren sollte, war ein nicht endender
Hexensabbat, der den Leinwandbildern eine innere Spannung einhauchte. In ihrer Mimik blitz-
ten Züge der Frage hervor, wer er wirklich war
und was er gelebt hat? Rolle oder Charakter,
Zahlen oder Werte, woraus schreibt man eine
Bilanz vergangener Episoden? Und welche Farbe
hat der Erfolg, welche die Melancholie, welche
die Lüge? Wie sich Bedeutungen unserer Le-

bensphasen in der Zeit verändern! Wie sie die Mäntel tauschen! Dieser Prozess brachte ihn in immer tiefere Konflikte und ließ ihn an der Einordnung seines Lebens verzweifeln. Auch in den konstruierten Erinnerungen verschwamm sein Profil zu einer eigenschaftslosen Figur. Plus und Minus hoben sich auf, es blieb ein Vakuum, das er nicht ertragen konnte. Er wurde unruhig und schleuderte Farbkleckse auf die Leinwand, die viele eigene Formate bildeten, wie ein Sternenhimmel, aus dem man sich immer neue Verheißungen pflückt. Wenn am Ende das Nichts dominiert, warum hat der Mensch dann Erinnerungen, die ihm eigentlich Nahrung für seine Persönlichkeit bereit stellen? Oder heißt Lernen aus Erfahrungen, dass man diese am Ende löscht, weil sie immer unfertig, verbesserungswürdig, falsch waren? Und wenn die sozialen Rollen Spielpläne vorgeben, weshalb kassiert sie das soziale Korrektiv wieder ein? Wie erzählt man denn eine Lebensgeschichte, mit der man identisch sein kann? Die Luft des Raums war erfüllt von Emils Suche nach Wahrheit. Doch es schien ihm, als ob diese nur die Erfindung eines Lügners sein konnte. Und der war er selbst. Das also kam heraus in seiner heutigen Psychotherapiestunde. Dass sich die Dichotomie der Lebensleistungen gar nicht in einem Bild unterbringen lässt.

Seine Kunst war nicht nur, die richtigen Farben zu finden, sondern, eine angemessene Einordnung des Erlebten zu treffen. Alles, was er zu greifen begann, zerrann ihm zwischen den Fingern wie ein surrealer Stoff. Er konnte keinen inneren Frieden finden und setzte sich auf sein rostiges Fahrrad, um in der Kneipe im Dorf ein kühles Helles zu trinken. Versunken in das flüssige Korn, lauschte er den Heldengeschichten der immer gleichen Gäste: Wie sie schwierige Repa-

raturen an ihren Autos stemmten, wie sie in Re-
kordzeit ihre Häuser renovierten und die Terrasse
fliesten, wie sie alleine eine dritte Garage bauten,
wie sie Gruppenleiter wurden und drei Leute
mehr befehligten. Er musste schmunzeln über so
viel Kleingeist, es kam ihm vor wie ein Déja Vu
seiner Irrtümer.

Die Figuren waren erfüllt von ihrem Enthusias-
mus, sie versprühten Genugtuung, im Leben vo-
rangekommen und ihrem eigenen Drehbuch gefolgt zu sein. Aber irgendwie waren sich die Geschichten alle ähnlich. Es waren Module von Le-
bensinhalten, austauschbar und langweilig, aber
immer als Etappenziele lustvoll verziert. Sie kamen ihm vor wie seine Verkaufsgespräche, in
denen er jedem das gleiche Gefühl von Individualität versilberte. Als könne man ein westliches
Leben mit den immer selben Algorithmen pro-
grammieren, als seien die Menschen berechenbar

und besäßen ein identisches Sensorium. Als wäre das Flair eines bürgerlichen Glücks eine Massenware und die Welt ein Playmobil. Lag es daran, dass diesen Menschen die Phantasie fehlte, eine originelle soziale Identität zu entwickeln, ein Spiel mit ihrem Inderweltsein, das der Wind der verschiedenen Milieus nicht einfach nach links oder rechts biegen konnte? Vielleicht hatte er Recht mit dem Reduzierten, dem Anlass für Projektionen, die jenseits konventioneller Schablonen lagen. Die wirkliche Wirklichkeit fand man hinter den Erscheinungen des Lebens. Sie existierte in der Welt des Geistigen, der Bedeutung allen Erlebens. Terrassen, Garagen und Autos waren Bilder von Ablenkung, sich den Bedeutungen nicht stellen zu müssen. Dann musste er laut lachen, weil diese Klostermentalität ja auch eine Selbsttäuschung war. Denn das Besitzen, Feiern und Drogennehmen war nicht nur

Spaß und Grenzerfahrung, sondern ein Umgang mit der Welt, die einen formen will, ein Trotzen gegenüber den ganzen Fremdbestimmungsversuchen, die überall lauerten, eine Antenne innerer Unabhängigkeit. War es das wahre Drehbuch und gar keine Ablenkung? Lebten diese Leute doch ein Leben und kein Programm?

Emil hörte dem ausgelassenen Lachen der Leute zu, dem, wie Leben so klingt. Ist dieses Nachdenken über die biographische Autorität der Erinnerungen in Wahrheit Stillstand von Leben, der zu nichts führt? Tötet Sinnieren gar die Lebensenergie? Wo waren seine Probleme? Er war weder Transgender noch versehentlich am Tod von Menschen beteiligt. Eigentlich waren alle seine Erlebnisse profane Dinge, die kein echtes Problem darstellten. Die Phalanx seiner Lebensinventur erschien ihm in Gestalt eines Rufs, den er aushalten konnte. Und so verwandelten sich die

Verkaufserfolge und die vollen Bankkonten zu der Lüge, auf die er sich mit sich selbst geeinigt hat. Dass das Leben so leicht neu gestrichen werden konnte wie eine Betonmauer, war eigentlich unerhört. Es kam ihm vor wie ein Fest der Bedeutungslosigkeit, aber Milan Kundera zu bemühen, traf nicht den Kern der Sache. Es hatte ja eine Bedeutung für seine Psyche, was er gewesen sein wollte. Sie war der Knoten, an dem die Zeit zusammen lief und festgehalten wurde als Resultat aller Bemühungen um Erfolge im Leben. Das Rechenzentrum, in dem ein Sinn der Existenz abgerechnet wurde. Dann trank Emil Bier, eins, und noch eins, so lange, bis er ein wohliges Gefühl bekam und zufrieden mit all seinen Entscheidungen wurde, die ihm zuvor als unruhige Wirrnisse vorgekommen waren. Lange saß er auf dem blauen Stuhl und nickte wiederholt, als wolle er seine getroffene Wahl applaudierend skandieren. Doch der rote Stuhl konnte es nicht zulassen, dass er erkenntnislos blieb, was seine gesellschaftlichen Verstrickungen betraf. Wurde seine Ehre wirklich zur Ohnmacht verdammt, sodass er glaubte, ein ehrbarer Geschäftsmann gewesen zu sein? Was war denn mit Fairness, mit Ehrlichkeit, mit Orientierung an Bedarf statt an Bedürfnissen? Was war mit dem Übervorteilen der Kunden, das so häufig satte Provisionen brachte? Behandelte er sie nicht wie Kühe, die gemolken werden, und nicht wie Vertragspartner auf Augenhöhe? Was konnte ihn versöhnen mit seinem umtriebigen Marketing? Nun, es war ihm nicht egal, was ablief – er hätte einem 19Jährigen niemals einen 50 Tausend Euro teuren Wagen verkauft. Er konnte diesen Reiz des Unmittelbaren unterbrechen. Sein Gehör war sensibilisiert für das Machbare der Wünsche und Träume. Er fuhr persönlich mit kleinen Präsenten zu den Kunden und hörte sich deren Erfahrungen mit dem Produkt an. Er kümmerte sich, wenn es technische oder andere Probleme gab. Betreuung war ihm eine Herzensangelegenheit. Als Verkaufsberater mit Leib und Seele verkaufte er kein Produkt, sondern ein Gesamtpaket, das die menschliche Seite mit abgegolten hat. After Sales war für ihn ein Ehrenwort. Er war kein Betrüger, sondern er liebte sein Produkt, und das steckte andere an. Er ermöglichte jedes Mal einen Anfang. Dem wohnt bekanntlich ein Zauber inne, und das Leuchten in den Augen der Kunden entschädigte ihn für sein schlechtes Gewissen.

Aber ihm war klar geworden, dass er Dinge an Mann und Frau brachte, die man gar nicht brauchte, die überflüssiger luxuriöser Schnickschnack waren. Zwar machen Kleider Leute, doch wenn die Charakterzwerge waren, kann auch das Design nicht punkten. In gewissem Sinn übermalte er die innere Armseligkeit der Kunden mit äußerem Reichtum. Er machte Lebensbilder schöner. Warum gelang ihm das nicht bei seinem eigenen? Dieses gedankliche Herumstromern war wie eine Reise durch hügelige Landschaft, bei der immer wieder der Ausblick verdeckt wird. Doch Erinnerungen, Rückblicke sind kein Blindflug, sie erfordern ein bewertendes Verstehen. Er kam sich vor wie jemand, der erst als Toter sein Haus verlassen hat und nun von oben sehnsüchtig auf das Leben herabblickt, von dem er erlöst wurde. Das führte zu nichts, und er lauschte eine ganze Weile dem Singen der Vögel, dessen Melodie sich in Echtzeit an den Wänden seiner Hütte brach und folgenlos im Wald verhallte. Kein Comeback lästiger Erlebnisse konnte es stören, es kam, und es ging, sonst bedeutete es nichts. Es war keine Komposition, keine Konstruktion, es war nur Leben, sonst nichts. Wer oder was die Choreographie lenkte, war das Leben selbst, und keine Maßstäbe von außen oder aus anderer Zeit. Die Töne kamen und gingen, und dazwischen war es ein Genuss für sein Ohr. Diese Passivität seiner Sinne wollte er sich zum Vorbild nehmen.

Schon einmal bog er im Leben scharf ab. Es war ein Fluchtversuch, ein Ausbruch aus der Langeweile. An diesen Nobelkarosserien hatte er sich satt gesehen. Er konnte die Faszination nicht mehr spüren. Sie waren zu dekadenten Auswüchsen geworden, überflüssig und nichtssagend. Sie versprühten keine Ehrlichkeit wie ein 20 Jahre alter Benz, in dem man die Erlebnisse riechen konnte. Sie hatten keine Seele. Ihre technischen Finessen waren kalt und unnötig, austauschbar wie ein Kondom. Das Vulgäre davon klebte am ganzen Wagen, man streifte ihn sich über vor dem Vergnügen, Marke egal. Die Bösartigkeiten der Welt sollten nicht eindringen in den goldenen Käfig, die Illusion der Unbeschwertheit nicht aufgebrochen werden. Man wollte sich die Unverletzlichkeit bewahren, das heißt: Leben im Jetzt. Kein Zurück in alte Zeiten, ein ewiges Festhalten des Moments, Höhepunkt des Erfolgs, nie mehr weniger leben, weniger haben als das Jetzt. Doch dieses Bild war auf Sand gebaut, wieder füllte das teure Ding die Leere der Sackgassen, in die das Leben der reichen Leute geriet. Es war immer dasselbe: Vom Mann betrogen, von der Familie verstoßen, aus der Firma ausgestiegen, ein neues Haus sucht den anderen Part. Langweilige Lebensmodule, die eine Kompensation herbei sehnten. Er war nur der Makler für all die Verdrossenen der Liebe, des Business, des Lebens. Die Autos waren Huren der Gestrandeten, und er war der Zuhälter.

Das Autohaus als psychisches Bordell der Oberschicht – er wollte einfach nicht mehr in einem Etablissement arbeiten. Er fühlte sich benutzt als Alibi ihrer Verstrandungen. Dann schmissen sie mit Geld auf ihn, als wäre er selber die Hure. Sein Inneres begann zu brennen. Die Summen verglühten auf dem Scheiterhaufen seines Wahns, Erfolg zu haben. Geblieben ist am Ende ein Nichts, das ihn als geistiger Tinnitus in den Wahnsinn trieb. Er suchte Ruhe vor dem Labyrinth krankhafter Unterwelten von VIPs. Er wollte wieder frei und selbstbestimmt sein. Montag räumte er das Büro. Dienstag kaufte er einen Mercedes Diesel. Mittwoch hatte er die Taxilizenz in der Tasche. Dann feierte er seine neue Freiheit und warf seine Designeranzüge in den Müll. Er fuhr mit dem Taxi auf ein Aussichtsplateau und betrachtete lange das Glitzermeer der Stadt.

Das Taxi war eine rollende Märchenbude. Immer skurriler wurden die Scheidungs-, Kriminal- und Aufstiegsgeschichten, die sein Ohr zum Bluten brachten. Am einprägsamsten war die Geschichte von Carla, die ihren Mann als Räuber des Juweliergeschäfts erkannte, in dem sie arbeitete. Er hielt ihr die Pistole unter die Nase, aber sie wusste, dass sie außer Gefahr war, und als sie den Schmuck in die Tüte stopfte, kam sie sich vor wie eine Komplizin, die sich der drückenden Schulden entledigen wollte. Ob sie Opfer oder Täterin war, beschäftigte ihr Gewissen, und sie spielte das eine, profitierte aber vom Unglück, an dessen Inszenierung sie teilnahm. Ein Robin Hood Gefühl beschwichtigte ihre Verankerung in richtig und unrichtig - Einschätzungen, und sie begann sich zu freuen über den Coup, weil sie ihren Kindern auch morgen ein schönes Zuhause bieten konnte, obwohl ein krasses Verbrechen geschehen war. Doch weil Leid und Beute sozusagen in der Familie blieben, gar dieselbe Person betrafen, und weil die Versicherung zahlte, gab es auch keine Geschädigten. Welche Rolle hatte sein Mitwissen? War er das Ventil des notwendigen Schweigens? Oder suchte ihr Gewissen einen Gefährten, der sie darin bestätigen sollte, ein guter Mensch zu sein? War es eine Art Reinwaschung von Schmutz? Wieder kam er sich benutzt vor, und eigentlich war es wie im Autosalon, nur war es in Bewegung und äußerte sich nicht als statuenhafte Ikone. Carla war eine lebenslustige junge Frau, der die Verantwortung über den Kopf gewachsen war und die sich die Kontrolle über ihr Leben zurückwünschte. Stattdessen erzählte sie ausgerechnet dem früheren Finanzhai ihren finanziellen Überdruss, und er bekam ein Gespür dafür, wer seine Boni bezahlte und wessen Leben er zur Kapitulation angestoßen hatte. So bekam sein angeblicher Erfolg ein Gesicht. Es war die Fratze des asymmetrischen Deals. Er war ganz nah dran an den Dystopien der Leute, ihren Ausweglosigkeiten, als habe er sich dazu entschlossen, die Sache von unten zu betrachten. Ob darin Wahrheit steckte, konnte er nicht eindeutig wissen, aber erstaunlich war, wie sein erfolgreiches berufliches Handeln das Leben der Beteiligten in Bedrängnis brachte. Ein Deal war ja eigentlich zum Vorteil beider Vertragspartner, doch jetzt saß die Bredouille in seinem Taxi und konfrontierte ihn mit dem Verschaukeln, Überlisten, Schröpfen seiner seriösesten Tätigkeit. Es war, als schlüge jemand mit dem Hammer auf sein ethisches Bewusstsein, um es in Gang zu bringen, dabei war der Tausch des Büros gegen das Taxi doch genau dazu geschehen. Emil kam mit Clara ins Gespräch. Sie war erwachsen, sie wusste, was sie tat und erzählte die Opferrolle wahrscheinlich nur, um ihren Ethos zu beruhigen. Sie war ihrer Gier gefolgt und wollte jetzt nicht wahrhaben, dass sie zu große Schuhe angezogen hatte. Eigentlich war ihre Lüge noch verwerflicher als die von der Anerkennung seiner beruflichen Errungenschaften. Das Taxi war sozusagen die Mülldeponie seiner vermeintlichen Erfolge, eine Eckkneipe auf Rädern, in der das Leben zu sprechen begann. Carla war nicht die einzige, die er in die Justizvollzugsanstalt fuhr, um ihre Partner zu besuchen. Es kam ihm vor, als ob er immer nur in surrealen Lebenslügen mitspielte, mal als Protagonist, mal als Statist, aber immer war die Destination stärker als der Wille, seine Existenz zu gestalten. Das war beängstigend, weil es hieß, dass es nur eine Illusion sein konnte, Kontrolle über das Leben zu haben. Wer waren die unsichtbaren Mächte, die unsere Daseinsform erzeugten? War es Karma? Gefangensein in Reinkarnation? Wenn Wiedergeburt die Lasten der Vergangenheit ins Jetzt hinüberhebt, warum bestand das gesellschaftliche Ideal darin, aus seinem Leben etwas zu machen? War der calvinistische Fleiß etwa eine Kompensation der Tragik, dass man in Wirklichkeit zur Ohnmacht verdammt war? Im Taxi war er konfrontiert mit dem Unfall, dem seine verkauften Visionen zum Opfer fielen. Das malte die lichtdurchflutete Designerwelt in blutroten Karikaturen und offenbarte die Verzerrung, der alle aufsitzen, wenn sie denken, ihr Leben kontrolliert gestalten zu können. Mit diesen Gedanken fuhr er stundenlang durch die Nacht. Dann dachte er an den Kälbermarsch von Brecht und rauchte eine halbe Schachtel, um die Ernüchterung seines Daseins als Schaf ertragen zu können. Es waren alle Grautöne auf einmal über dem Blumenstrauß verlaufen. Dessen Konturen zerflossen und hielten das Ziel seiner Fahrten wie ein Pranger hoch: Knast. Das war das Ende der exzessiven Libertinage, der Lebensfreude, des orgiastischen Rauschs von Erfolg und Besitz. Wie gut, dass er nur der Taxifahrer war und nicht mehr der Hauptdarsteller. Er hatte sich rechtzeitig um den Airbag vor dem Aufprall gekümmert. Er war in einer komfortablen Lage. Er hatte den Verlust bereits herbei geführt und fühlte sich wohl in seinem reduzierten Leben. Keine kubistischen Projektionsflächen, einfach nur ein Haus in der Wüste. Das Ehrliche und Altmodische gab ihm Halt. Darum malte er ein Haus über die Blumen. Damit die Entgrenzung durch dunkle Mächte einen Halt findet, an den Mauern des Hauses, das er gebaut hatte. Er verwandelte die Party in ein Stillleben mit Ewigkeitsattitüde. Das Taxi war der erste Schritt. Ein Castle. Die Zeitlosigkeit seiner biographischen Zerwürfnisse, das

Dasein als ewiges Projekt, in dem man sich ein-
gerichtet hatte und das ohne Gefahr war. Ein
Stillleben eben. Nichts passierte. Das war die
schönste Zeit seines Lebens. Er nannte sie liebe-
voll seine Nullerjahre, das Reset aller Sturmbö-
en. Altern war das einzige, was geschah. Saskia
war der alleinige Frauenname, dem er verbunden
war. Und der stand auf der Wasserflasche von
Lidl. Es war dieses Nichts, das seinem Leben
einen Inhalt gab. Er fand es in seinem Taxi. Er
hatte absichtlich keinen neuen Wagen gekauft,
sondern einen 20 Jahre alten Benz, der 300 000
km drauf hatte. An den er keine Ansprüche stellte und von dem er nichts erwartete. An dem alle
Traumata seines Lebens abprallten und der einfach funktionierte. Nicht nur das Wenige, auch
das Einfache war der Garant für Zufriedenheit.
Jetzt saß Carla darin und ließ diesen Plan zer-
platzen, weil sie das Durcheinander gesellschaft-

licher Lebenserwartungen in den Fahrgastraum atmete und das Projekt störte. Taxifahren war eben nicht nur eine Beförderung. Das war sie ganz bestimmt. Aber nicht nur von A nach B, sondern zu den Wurzeln des Lebens. Und sie störte diese Reise und belästigte ihn wieder mit ethischen Fragen. Er setzte sie vor dem Eingang ab und vergaß sie.

15 Minuten später wurde er zu einem Dreisternelokal bestellt. Martin kam angetrunken heraus und ließ sich auf die Rückbank plumpsen. Seine Gesichtszüge waren ihm entglitten, er wirkte, als sei er gerade in ein schwarzes Loch gefallen. Darin entfuhr dem Oberstaatsanwalt ein stiller Schrei. Seine Frau wollte alles haben: Das Haus, das Auto, das Boot, die Kinder. Sie versetzte ihrem Glück den Todesstoß und wollte für Martin maximalen Schaden. Wie sich Liebe in ausufernde Gemeinheit verwandeln konnte, war ein

Lehrstück darüber, wie falsch man das Antlitz sicherer Lebenshäfen verstehen konnte. Jetzt war Martin voller Verzweiflung und Wut, die er in die nächtliche Taxifahrt mitnahm. Er verfiel in einen ungeahnten Redeschwall über alle Hässlichkeiten seiner Partnerschaft. Was waren sie denn wert, diese Pläne einer gemeinsamen Zukunft, wo sie sich doch angesichts flüchtiger Befindlichkeiten aufzulösen begannen? Welche Werte waren denn so brüchig, dass der Reiz des Neuen sie zum Wackeln bringen konnte? Dass das Hineinsteigern in Unzufriedenheit immer nichtigere Momentaufnahmen als Beweis für großen Irrtum anführte? Ist das, was wir als Lebensinhalt bezeichnen, bloß eine Fata Morgana unserer biographischen Selbstvergewisserung? Das Lachen seiner Kinder bewohnte seine Ohren noch immer, und es war authentisch und keine Lüge. Seine Lebensplanung war kein Irrtum, kein Hokuspokus eines Glaskugel-Blicks. Die Familie war sein Elixier. Als Arbeitstier konnte er hier seine Emotionen sprechen lassen, er kompensierte die Kopfgeschichten mit der Irrationalität seiner Liebe. Kein Plan, kein Konzept vergewisserte seine Auslassungen. Drumherum hatte alles seine Ordnung. Ein weißes Landhaus, ein gepflegter Garten, drei SUVs in der Garage. Die Kinder auf dem Privatgymnasium, Marmor säumte die Fassaden, alles strahlte etabliert und keinesfalls philiströs. Hier war doch das Glück zuhause, dachten die Sonntagsspaziergänger auf dem Feldweg hinter der Terrasse. Aber eigentlich begegnete Emil die Heldengeschichte aus der Eckkneipe als Martin auf der Rückbank des Mercedes. Er konnte den Schablonen einfach nicht entkommen, die die Leute für ihr unnachahmliches, beispielloses Leben hielten, und es begann ihn zu langweilen. Schon wieder ein

Fahrgast, dem er bildlich ein teures Auto verkaufte, weil der eine kleine Lebenskrise psy-
chisch zu bewältigen versuchte, und dann knallt
es und das Trostpflaster oder die Genugtuung
verwandelte sich in eine Exitgeschichte ohne
Rückkehroption. Er selbst hatte dem Knall immer einen Schalldämpfer verpasst, was im Ge-
gensatz zu der Härte seiner Zäsuren stand. Er
hatte es gar nicht so weit kommen lassen, dass
die teuflischen Komplikationen des Lebens über
ihn herein brachen. Er hat sie einfach ins Leere
laufen lassen. Und jetzt zeigten sie sich ihm als
Zuhörer, der seine eigene Exitstrategie als Ob-
dach eines Mercedes Diesel verdinglichte. Er
konnte dem Schein der sozialen Rollen, der Lüge
aller Werte, den Illusionen über das eigene Sein
nicht entkommen. Es gab keinen Fluchtpunkt auf
seiner Reise in die biographische Wahrhaftigkeit,
der das Leben draußen ließ. Martin war am Bo-

den zerstört, weil alles zerbrochen war, das er für seine Existenz hielt, aber Emil hatte das schon mehrfach erfahren. Er hatte es selbst herbei geführt, aber der Bruch und der Zerfall waren keine geringeren Erdbeben in seinem Erfahrungshorizont. Martin war eingestiegen in sein Aussteigermobil, und er beglückwünschte ihn erst einmal zu seinem zurückgewonnenen Leben. Dann tranken sie Bier und rauchten Marlboro und fühlten sich frei, als fiele ein Ballast von ihren bürgerlich vergifteten Herzen. Emil dachte an Sonnenblumen, die aufgehen und den schwarzen Begrenzungsstrich sprengten wie Wurzeln den Straßenbelag aus Teer. Das sagte ihm, dass ein Leben hinter dem Schaufenster gearbeitet hat, man es aber nicht wahrnahm. Mit dieser Erkenntnis wurde Verlust zu einer Emanzipation vom Schicksal. Die wiedergewonnene Souveränität befriedete sein Memento der Verfügbarkeit, dem er allenthalben als Verkäufer entsprach.

Er fuhr Martin zu den dunklen Stellen im Bahnhofsviertel, und der Oberstaatsanwalt kaufte einen Joint, in dem sich die ganze Gesetzlosigkeit der Lebensschablonen ausdrückte. Dann überlegte Emil, welche Farbe dieser Art von Mut entsprach?

Martin kam ihm vor, als wolle er seine Rolle verhöhnen, doch das war gar nichts gegen die resignative Schwermut des jungen Maximilian. Der Student war ein Sohn reicher Zahnärzte, die ihn verstoßen hatten, weil er statt der Praxisdynastie lieber die großen Philosophen studierte und in der Nachhilfeschule überforderten Kindern half. Er war von heute auf morgen mittellos geworden, sein Altruismus war nicht solvent genug, um Miete und Auskommen zu begleichen.

Vom reichen Sohn zum Kandidaten ohne Ob-
dach – er musste die Teile seines Lebens, die
seine Eltern kaputt schlugen, mühsam neu zu-
sammensetzen, so, dass seine Würde nicht verlo-
ren geht. Er hätte ein sorgloses Leben haben
können, ein üppiges Auskommen, ein soziales
Ansehen, ein luxuriöses Zuhause. Doch das bedeutete ihm alles nichts, er orientierte sich an der
Sinnhaftigkeit seiner Aufgaben. Seine Eltern
zeigten spöttische Verachtung für diese Haltung,
aber er hielt das sokratische Erörtern der gesellschaftlichen Utopien für gewinnbringender.
Wenn er zu einer inneren Einsicht, zu einer Erkenntnis kam, erfüllte ihn das Heureka mit woh-
liger Wärme und gab ihm ein erhabenes Gefühl.
Seine Traurigkeit verschwand nicht, aber die
Mutlosigkeit. Er malte Bilder, in denen er die
Welt zu einem gerechteren Ort macht, an dem
sich die Potentiale der Kinder, mit der Welt um-

zugehen, entfalten konnten. Sie waren Opfer der technokratischen Strukturen, Anstaltsverlierer, und er konnte sie retten, durch die Kraft der Reflexion. Er war ein Weltverbesserer, ohne ein Besserwisser zu sein. Er bildete Persönlichkeiten, indem er sie zum Nachdenken brachte, über Stolz, Mut, Tugend oder Gerechtigkeit. Jetzt war die soziale Wertschätzung an ihm vorbeigezogen, weil er sich den Rollenmantel des konventionellen Aufstiegs nicht überstreifen wollte. Dabei war er kein Revolutionär, kein Aussteiger, kein Kapitalismuskritiker. Er war ein Träumer, für den Helfen ein Lebensglück war. Doch im Taxi offenbarte sich sein Frust, von der Gesellschaft als Bodensatz verstoßen worden zu sein. Er war eben doch nicht befreit vom Lechzen nach Anerkennung. Seine Erhöhung, seine Veredelung sozialphilosophischer Werte blieb ohne Resonanz. Aber weshalb erhoffte er sich eine

Reaktion des Systems, das er überwinden wollte? War es vielleicht eine pubertäres Phantom, dem er folgte, dummes Zeug, ein harmonieloses Hirngespinst? War er doch ein Aussteiger, der als Verlierer gebrandmarkt wurde? Jetzt war er mit seinen Utopien ganz allein auf der Welt. Philosophie war der Freund der Weisheit, aber vielleicht nicht der Freund seines Lebens. Warum suchte er darin noch immer sein Heil? Maximilian war also ein sterbender Schwan. Oder ein Eichhörnchen, das auf dem Baum herum kletterte und die Welt bespuckte. Und für Emil war dieser Fall ein Spiegel seiner danebengeratenen Versuche, seiner unmathematischen Lebenskompositionen. Auch Maximilian verbrannte sich an einer Utopie, so wie er, als er dachte, wirklich Erfolg im Leben zu haben. Nur: Bei dem Student war es ja der reine Schöngeist, der ihn stolpern ließ, während der bei ihm nur Mittel zum Zweck gewesen war, also ein noch weniger greifbarer Inhalt. Also musste das Spiegelbild zu anderen Fragen führen: Sollte er Mitleid mit jemandem haben, dem das widerfuhr, was er selbst in seiner Suche nach einer ehrlichen Identität herbei führte? Schon wieder sah er sich mit den Problemen seiner Biographie konfrontiert, weil er problematische Lebensgeschichten herum kutschierte und sie nicht einfach ignorierte, sondern den Erzählungen lauschte. Wer weiß denn schon, ob Maximilian wirklich das Opfer der Dekadenz seiner Eltern war, oder ob er eine überhebliche Arroganz gegenüber ihrem etablierten, ordentlichen Leben entwickelt hatte, sozusagen den Hochmut eines uneigennützigen, höheren Werteprogramms. Die Geschichten, die sich ihm als Konstruktionen von Lebensrollen darboten, waren wie ein Abklatsch seiner Maskenbälle. Alles war Fiktion, Identitätssuche und Abbitte für gemach-

te Erfahrungen in einem. Entschuldigungsmeta-
phern. Angst vor dem Erwachsensein, vor dem
eigenen Ich als ärgerliche Komplikation. Eine
versuchte Beseitigung der Erschwernisse im Leben. In Wirklichkeit war Philosophie ein Miss-
verständnis, er suchte Sinn, aber er fand nur
Missmut in seiner Lebenswelt, die in anderen
Währungen dachte. Emil fühlte sich zurückgeworfen auf sein größtes Rätsel: Warum wir alle
einer Lüge hinterher laufen im Leben, uns in einer Seifenblase unserer Scheinexistenz bewegen,
unser Selbstverständnis von einem Tunnelblick
nähren? Das Taxi war ein Fluchtauto. Aber auf
eine seltsame Art und Weise verließ es nie den
Tatort. Er war ein Gefangener seiner Biographie,
die anscheinend nur eine Schablone war und keine Einzigartigkeit. Das war seine Erkenntnis, die
ihn dazu brachte aufzuhören mit Taxifahren. Er

konnte es nicht mehr ertragen, immer wieder in den Tunnel zurück zu fahren.

Emil hat nach und nach die Enttäuschungen, die das Leben ihm brachte, gegen die Ruhe von Orten wie der Hütte getauscht. An diesem Ort kehrte er heim zu seinem inneren Ich. Die Farbeimer standen seinen Ideen Spalier, aber eher schon war es das Chaos, aus dem die Kraft der Kreativität erwuchs. Hier war er frei von gesellschaftlichen, psychischen, biographischen Zwängen. Das ließ ihn aber zu einem Vagabund seiner verworrenen Gefühle werden. Kein Update störte seine geistige Reise, und keine Pflicht war ein Stein auf dem Weg zu Erkenntnis. Es war die purste Daseinsform, die er erlebte. Sie war fast ganz ohne Besitz, obwohl sie eine höhere Ebene von Leben bedeutete, eine geistige Welt. In seinem Kopf führte er den Pinsel ganz eng. Voller Gefühl malte er Flächen, aber niemals wirkte die

Farbe eintönig. Immer waren Konturen, Farbnu-
ancen, Vertiefungen da. Erstaunlicherweise waren die Zäsuren keine harten Farbgrenzen. Stets
blieb der Grundton derselbe. Es war Einerlei, ob
er Bankberater, Autoverkäufer oder Taxifahrer
war: Die Ammenmärchen verzierten die Ober-
fläche mit Projektionen, für Erfolg, für Identität,
für soziale Rollen, für Biographie. Seine Lebens-
entwürfe waren nur Negative einer verzerrten
Realität – in einem gewissen Sinn lebte er kein
Leben, sondern Schatten davon. Und so wurde er
zu einer gesichtslosen Schattenfigur. Nur die
Umrisse der Lebensabschnitte waren greifbar.
Sein Charakter, sein Ich-Sein war kein Ausfluss
seiner Tätigkeiten oder Funktionen. Im Schatten
war er ein Niemand, und da der Schatten immer
schneller ist als die Person, die ihn wirft, war er
einer Festlegung stets einen Schritt voraus. Er
ließ sich nicht festnageln, nicht verpflichten auf

ein Muster sozialer Konnotation. Das war sein Schaustück, seine Kostbarkeit. Sie lag in der Überwindung ritueller, steifer Temperaments-Schubladen. Seine Wesensart war die Verflüssigung althergebrachter Irrtümer, denen er selbst immer wieder aufgesessen war, weil sie in jeder Bestimmung lauerten. Jetzt wollte er diese Zusammenhänge transformieren in eine Farbkomposition, doch außer Crescendos und Diminuendos fielen ihm keine farblichen Laute ein, die sein Hinübergleiten in eine andere Daseinsform, seine Sublimation, kulturell verlebendigen konnte. Es sollte ja nicht den Eindruck einer Bügelrolle haben, die alles glättet. Er wollte kein Bügler sein. Sondern die Suche nach Wahrhaftigkeit brauchte eine farbliche Entsprechung. Er entschied sich, unterschiedliche, stark eingerahmte Grautöne zu zeichnen, sodass das bunte Allerlei drum herum von innen nicht gesehen werden

konnte, aber von außen in die Grauflächen hinein
wuchs und den Weg nach draußen auftat. Wie
war es denn sonst zu verstehen, dass der vermeintliche Erfolg bedeutete, in einer Blase gefangen und blind für die Welt zu sein, die die
Blase aufgeblasen und zu einer Partie der Blin-
den gemacht hat, ohne zugleich ihr Gehör zu
schulen? Eine Fliege, die zappelt im Glas, aber
glückselig ist, weil die Überschaubarkeit ihres
Daseins beruhigt. Was bedeutete sein Leben?
Seine Erfahrungen? Wer war er wirklich? Emil
war zutiefst ratlos angesichts all dieser Fragen.
Die Hütte war seine Wolke, von der aus er die
Zeit betrachtete. Es war doch erstaunlich, dass
Autoverkäufer früher ein seriöser Beruf war, und
heute haftete an ihm etwas Schmuddeliges. Wie
sich alles veränderte, obwohl sich nichts änderte,
das war mit den menschlichen Erfahrungen dasselbe. Sie waren, obwohl sie nur im Inneren ei-

nes Menschen existierten, ein Chamäleon, schillernd wie Grenzgänger nun mal waren. Sie änderten ihre psychische Relevanz je nach Gegenwart, und doch blieben sie eine Konstante der Individualität.

Das Seiende im Werden zu begreifen, war wohl der Schlüssel biographischer Arbeit. Aber wie stellt man es dar, dass sich Bedeutung verwandelt, wo doch die Firnis (Vernissage) gleich bleibt? Das war rational nicht zu erklären, und das Irrationale kannte keine Farbmischung dafür, außer Grautöne, die im Nachhinein alles angleichen, was geschah, damit es denselben Charakter bestimmt, das gewollte Ich. Ob also der Mensch seine Erfahrungen prägt oder diese den Charakter des Menschen, das war ein Zirkelschluss, der dialektische Wirkungen enthielt, aber die Frage der Ohnmacht vor der eigenen Biographie offen hielt. Obwohl es von der immer hieß, dass sie eine rückblickende Konstruktion sei. Selbst beim Zusammenfügen seiner Lebensfetzen verfing er sich im Nebel, der es verschleierte, ob er Subjekt oder Objekt seiner Milieus, Szenen, Lebenswelten gewesen war? Selbst beim Erinnern begannen die Rollen zu oszillieren. Alles drehte sich nach oben und unten, nach links oder rechts, er konnte sich die Perspektive aussuchen, die die Bedeutung der Erlebnisse in Erfahrungen verwandelte, mit denen er ein Schloss bauen konnte, in dem er Schlossherr ist. Es war, wie wenn Millionen Mücken vorbeifliegen. Entweder sieht man Mücken oder man sieht einen Schwarm. Oder eine Bedrohung. So war das auch mit seinem Leben, auf das er zurück blickte. Betrachtete er Phasen isoliert, war er ganz schön erfolgreich. Sah er ein Gesamtbild, war es ein Orkan, der in die falsche Richtung, die Lüge, wehte. Und zu einer Bedrohung für sein inneres Ich wurden die Irrlichter der bürgerlichen Rollen, die das Außenbild beleuchteten, aber das wahre Selbst verhöhnten. Diese Verknotungen lagen vor ihm, als er auf dem roten Stuhl saß, und er ging vor seinem inneren Auge unzählige Kompositionen durch, die das ausdrücken sollten. Aber er fand nur Eindimensionalität vor, so wie das Erleben, das die Zukunft ignoriert. Erschöpft rauchte er Zigaretten und trank Schnaps. Dann schlief er ein und verarbeitete das Erlebte im Schlaf.

Nachdem er drei Stunden auf dem roten Stuhl so vor sich hin schlief, dachte er intensiv darüber nach, welches Ziel er mit seinen ganzen Fragen verfolgte? War es eine Art Seelenfrieden, der nach Kohärenz seiner Lebensabschnitte schrie? War es das Spiegelbild, das er ertragen wollte? Oder Rechenschaft, die er vor sich und anderen ablegte? Das wichtigste Utensil seiner Resultate war, mit sich selbst ins Reine zu kommen. Jede Lebensphase hatte ihren eigenen Wert in ihrer eigenen Zeit. Es war ungerecht, sie aus dem Nachher zu richten als falsch oder als Täuschung. Man musste sie als Nachfolge des Davor sehen, ob es eine andere, neue Ausrichtung war, wertfrei und ohne Bezug zu einer Rubrik, einer Gattung, einem Genre. Dass es eine Schöpfung darstellte, eine Neuerfindung des Ich. Er kam also zu dem Resümee, dass der Wesenskern eines Lebensabschnitts seine Originalität war, und nicht, ob er einem Maßstab aus erdachten Werten genügte. Er kam sich vor wie ein Mann, der auf einen See schaut, die Gesetze des Wassers ergründen will, aber nur die Brandung kennt. Am Ende malte er bunte Farben, jede leuchtete einen eigenen Glanz und war wie eine Melodie mit Alleinstellungsanspruch. Farbenfroh war der Gesamteindruck, der all die Zweifel zerstreute. Sein

Leben war ein bunter Strauß, kein Portfolio von Desastern. Man konnte keine Blume unpassend finden, weil nicht Harmonie, sondern die Beteiligung an der Leuchtkraft, die Verschiedenheit, zählte. Damit war er ganz zufrieden. Der blaue Stuhl hatte doch eine optimistische Aura, er hatte die Kraft des Positiven.

Wenn Emil die Hütte abends verließ, blieben alle Zweifel an der Bedeutung seiner Rollen auf den Leinwänden zurück und er lebte das Jetzt, befreit von allen Fesseln und ethischen Mahnungen, wer er hätte sein sollen oder was das richtige Leben gewesen wäre. Dann ging er in die Dorfkneipe und lauschte den Geschichten der Dorfbewohner mit anderen Ohren. Terrassen, Garagen und gesunde Autos waren ihr Lebenglück, echt und ohne Filter. Sie lebten ihr Leben und empfanden Vollkommenheit. Die Konjunktive ihrer alltäglichen Verrichtungen mussten nicht zu Störenfrieden ihres Wohlbehagens werden, sie konnten ja auch links liegen bleiben. Sie waren zufrieden, also welche Anmaßung sollte ihnen unterstellen, ein falsches Leben zu führen oder blind zu sein für eine ethische Makellosigkeit ihrer Alltagsbeschäftigungen? Fast kam es ihm vor, als böte er ihnen so etwas wie Kommunikationsbegleitung für Lebensführung an, die korrekt sein soll, so wie gesundes Essen, Elektromobilität oder klimafreundliches Wohnen. Wer diese Maßstäbe erstellte, war der Hype, den selbsternannte Aktivisten in den Mainstream trugen. Ohne demokratische Legitimation sagte man diesen Leuten, ihr Leben sei böse. So etwas fand er zutiefst verabscheuenswürdig. Er ertappte sich, wie er in ähnlicher Manier Lüge und Blendung unterstellte, statt dem Laisser faire Prinzip zu folgen und niemals jemandem unerbetene Ratschläge zu erteilen. War er vielleicht selbst so ein moralischer

Gardinengucker, der mit erhobenem Zeigefinger überall Täuschung vermutete und zu entlarven glaubte? Ein solcher Sittenapostel wollte er nicht sein.

Zunehmend fanden sich aus diesem Grund disharmonische Farben und Pinselstriche in seinen Bildern wieder. Das Ungleiche, das Eigene tolerieren, es als Bereicherung verstehen, das war der Schlüssel zu innerem Frieden, denn die Unzufriedenheit entstand ja, weil man das Unförmige, das Ungleiche nicht aushalten wollte. Er hatte den Terrassenbauern ein Klischee übergestülpt, das ihm als Unbeteiligtem gar nicht zustand, statt sie einfach wertfrei ihr Leben leben zu lassen. Das wollte er fortan nicht mehr tun. Er wollte die Einordnung seiner Erfahrungen nicht durch Abgrenzung vornehmen, sondern eigene Werte entdecken, an denen sie sich ausrichteten. Dieses Vorhaben war ohne Negative noch uferloser.

Wenn jede Phase seines Lebens für sich genom-
men richtig war, welche Klammer definierte
dann die Essenz seiner Biographie? Er wollte
sich nicht entschuldigen für Rollen und Aufgaben, für seine Funktionen, für das, was zu seiner
Zeit das Richtige war. Dass dies retrospektive
Verklärungen seien, redete das soziale Korrektiv
ihm nur ein, der Hochmut des Heute, das sich für
aufgeklärter hielt und die jetzigen Maßstäbe wie
Fallbeile an Abschnitte seiner Erlebnisse und
Erfahrungen anlegte. Das war nicht gerecht, es
wurde seiner Selbstvergewisserung über sein Leben nicht gerecht. So verabschiedete er sich von
ungerechten Betrachtungen und fand seine innere
Ruhe. Jetzt hatte er ein Problem: Während das
Laisser faire bunte Disharmonien als Ausdruck
historistischer Originale verstehen wollte, zeigte
sich die innere Ruhe, das Einssein mit den ver-
schiedensten Ausrichtungen der Lebensführung,

als harmonische Farbkomposition. Beides zugleich war aber eine künstlerische Unmöglichkeit, sodass seine biographische Arbeit ins Stocken geriet.

Emil setzte sich auf den blauen Stuhl und atmete tief durch. Niemals in seinem Leben zuvor hatte er so intensive Bilder von seinem Ichbewusstsein. Es waren magische Momente der Selbsterkenntnis. Dass er erkannt haben wollte, dass er nur Selbsttäuschungen aufsaß, war auch so eine Suggestion einer Erkenntnis. Alles im Leben geschieht so, wie es geschieht. Man plant es nicht wie ein Haus, man ist kein Architekt, Regisseur, Drehbuchautor. Sonst wäre es ja kein Leben, sondern ein Film, in dem man spielt. Man wüsste vorher, was geschieht. Nur im Rückblick gibt es Einordnungen, Bewertungen, Sinnkonstruktionen. Es sind Projektionen, die das Wesen der Geschehen nicht spiegeln können. Was wirklich

geschah, war weder mit der Kenntnis der Ereig-
nisse noch mit den wahrscheinlichsten Projektionen greifbar. Die Realität blieb ein Rätsel, auch
für den Erlebenden. Sein Wagnis, sein Unter-
nehmen, ein biographisches Selbst entdecken zu
wollen, war aussichtslos. Diese Komplikation
bewog ihn, die Hütte zu verkaufen. Nach drei
Wochen fing er als Finanzberater bei einer Bank
an. Er kaufte sich ein Luxusapartment und einen
Porsche. Er fühlte sich, als wäre er zuhause angekommen. Er setzte sich in das Café am Eck
und genoss das Bohèmien Dasein, das im Rauch
seiner Zigarette verdampfte und seine Nase mit
sinnlichem Geruch benebelte.

Das war der Anfang eines neuen Lebens. Eigentlich war es sein altes Leben, aber die neue Be-
trachtungsweise hielt Erinnerungstäuschungen
von ihm fern. Auf eine seltsame Art war er
glücklich. Er ermöglichte Familien die Erfüllung

eines Traums. Er übervorteilte niemanden, sondern schneiderte nach Maß. Die Verantwortungsethik war sein Leitfaden, und der Luxus war die Belohnung für sein reines Gewissen. Er war keine Angeberei, er hatte keinen Selbstwert. Das Café am Eck war kein Trendladen. Hier rauchten auch Hippies ihren Joint. Er genoss diese Vielfalt, das Bunte. Er trug schwarze Designeranzüge und trank den Kaffee pur. Neben ihm saßen alternative Gestalten und frühstückten bei Korn und Aspirin. Seine neu gewonnene liberale Haltung vermied Schubladen und Vergleiche, es war eben nicht sein Leben, aber wer es so mochte....Er kam ins Gespräch mit einem bärtigen Mittdreißiger, der sich Zigaretten drehte und einen Wollschal trug. Der erzählte ihm, dass er Arzt sei und jetzt einen Plattenladen betrieb. Er war ausgestiegen, als das Krankenhaus nach Gewinnmaximierung und nicht nach der individuell besten Therapie entschied. Nicht nur seine Ideale hielt er für verraten, sondern er wollte sich der Erpressung mitzuspielen nicht länger beugen. Emil erkannte in ihm seine eigene jugendliche Verbitterung, und er war gelangweilt von diesen Geschichten, die die höhere Moral der Erzähler betonten. Aber er entsann sich daran, niemandem ungebeten Ratschläge zu geben und trank noch einen Kaffee. Dann fuhr er ein wenig in seinem weißen Porsche spazieren, bevor er einen wichtigen Termin wahrnehmen musste. Er war ein ganz anderer Banker geworden als früher. Eine seiner wichtigsten Erkenntnisse war, dass er nicht spielte, sondern authentisch blieb. Das brachte ihm die größten Erfolge. Er verstand nicht, weshalb diese jungen Leute – Verkaufsberater, Ärzte, Lehrer usw. – immer glaubten, ihre Autorität und ihr Geschäft erwüchsen aus einem Rollenspiel. Falsche Autorität war ja bekanntlich das, worauf man rekurrieren muss, wenn einem charismatische Ausstrahlung fehlt. Doch selbst die brauchte niemand, wenn er authentisch, also ein Original, blieb. Denn von was die Menschen misstrauisch wurden, waren gespielte Rollen, die das Betrügen durch Systeme zu kaschieren versuchten. Das konnte ihm nicht noch einmal passieren. Deswegen war er so erfolgreich wie nie, er stand gewissermaßen außerhalb der systemischen Strukturen. Emil war angestellter Bankberater, aber eigentlich war er ein freischaffender Künstler, der Bankgeschäfte arrangierte. Er brauchte keine dieser toxischen Deals, die nur nach außen ein Verkaufstalent zeigten, in Wahrheit aber unsauber waren, weil nicht beide Vertragspartner profitierten. Das war ja keine Kunst. Die Geschäftsstrukturen so zu benutzen, dass Menschen zufrieden waren und aufblühten, weil ihnen ehrlich geholfen wurde, das war die wahre

Könnerschaft. Ein guter Banker war kein Mann der Rechenkünste, und er verkaufte auch keine Illusionen, sondern er verstand sich als Menschenfreund, als Sozialarbeiter des Mittelstands, als Anwalt der Lebensträume. Damit konnte er es aushalten. Er war der Meister der Baudarlehen, weise und unaufgeregt, wie ein Mentor, der sein Fach beherrscht, dessen Wichtigkeit und sich aber zurücknehmen kann. Er wollte nie wieder fliehen vor seiner Aufgabe, dem falschen Image und den missverstandenen Rollen. Der entscheidende Punkt war einfach, dass man seinen Beruf prägt und nicht umgekehrt. Es war ja kein lebendiges Comic oder nur eine Pflicht zwischen den Feierabenden, eine Beschäftigung bzw. Ausübung. Es war eine Aufgabe, und ihre Lösung war seine Kunst.

Emil hatte den roten und den blauen Stuhl in sein Luxusapartment mitgenommen. Abends blickte er vom blauen Stuhl aus den roten Stuhl an und fragte sich, warum man die Entlarvung der Fassade so schnell für eine Erkenntnis hielt, obwohl diese Suggestion selbst ein Trugbild, eine Verzerrung der Wahrheit darstellte. Dann hörte er Beethoven, das war doch Kultur, bei dem Technorave aus seinem Porsche irrten doch Milliarden. Ach, egal, er fixierte nicht länger die Gesichter der Dinge, sondern versuchte, ihre Lebendigkeit zu spüren. Er hatte doch gelernt, dass nicht Misstrauen, sondern Spüren von Authentizität der Wahrheit am nächsten kommt. Erst an diesem Punkt war er nicht länger Sklave von irgendeiner Struktur, einer Täuschung, Illusion, Erkenntnis vermeintlicher Lügen. Erst jetzt war er der Akteur. Erst jetzt hatte er seine Würde wieder, als Verantwortungsethiker, der seine Aufgabe prägte. Er genoss das schöne Leben in allen Zügen. Emil ging in teure Restaurants, in

Clubs, in Szenekneipen. Nicht Ansehen oder Leumund, sondern das Inderweltsein war Begleiter seines Zustands. Wenn er abends seinen weißen Porsche in der Tiefgarage parkte, hatte er das Gefühl, dass er einen realen Traum lebte. Er war beliebt, er hatte Geld, er war uneitel und genoss das Vergnügen. Emil war auf der Sonnenseite des Lebens angekommen, tolerant, liberal, erfolgreich, ein Könner ohne Allüren.

Ihn störte seine Einsamkeit, obwohl er für die gar keine Zeit hatte. All die Jahre hatte er seine Freiheit geadelt, die schnelle Befriedigung konsumiert wie ein kühles Pils. Liebe war nicht das, wonach er suchte, sondern er suchte die Verkörperung seines ästhetischen Ideals, eine Person, die das Geheimnisvolle lebendig werden ließ wie ein rätselhafter Film. Nina, die in dem Café bediente, in dem er den Arzt kennen lernte, war unprätentiös, aber geheimnisvoll. Ihre Bewegungen waren Poesie in seinen Augen, und ihre Stimme vertonte den Sexappeal ihres Körpers. Sie war eine aufmerksame und zuvorkommende Person, und eigentlich studierte sie Romanistik. Die Begeisterung für diese Literatur machte aus ihr eine Seelenblickerin, eine Lebenskünstlerin, sie war offen für so etwas wie Emils Suche nach seinem biographischen Selbst. Hin und wieder trafen sie sich und tranken Wein. Ihre Gespräche waren Ausflüge in die Unterwelt der Seele, anspruchsvoll und eine Suchbewegung nach dem Lebenssinn. Nina war 25 und hatte schwarze lange Haare. In der Sinnlichkeit ihrer Gesichtszüge spiegelte sich die Sehnsucht der Liebenden nach der Erfüllung ihrer Begierden, und doch war ihre Ratio hellwach und mitreißend. Emil fand es betörend, dass sie nicht schauspielte. Sie stellte Fragen an ihr Dasein und war eine Bewohnerin der geistigen Welt, die das Bad in der

Gegenwart, das sie nahm, mit dem Blick der Be-
deutungskönigin genoss. Eigentlich war sie mehr
Seelenverwandte als erotische Phantasievorlage,
aber genau diese fehlende Trivialität empfand
Emil als wahrhaftig, als Elixier seiner Reise
durch Sphären seines Lebens. Emil und Nina trafen sich immer öfter. Es knisterte in ihren Erörte-
rungen, sie besprachen Lebensziele, tauschten
Gedanken, sie waren sich ganz gegenwärtig und
im selben Moment Objekte ihrer Phantasie. Bis
zum Unerträglichen dehnten sie diese Spannung,
bevor sie sich auf einem Waldweg in seinem
Porsche übereinander her machten und hem-
mungslos in Ekstase verfielen. Sie hatten eigentlich gar keinen Sex, sondern suchten in der Äs-
thetik des anderen Körpers nach dem Geheimnis
des Lebens. Auch das schmutzige Treiben geriet
zu einem philosophischen Experiment, und
manchmal wurden sie zu Marquis de Sade und

Gefährtin, die, ganz unerwartet, das Theater als moralische Anstalt persiflierten durch ihre libertäre Haltung. Emil und Nina verliebten sich in das Bild des Anderen und wurden ein Paar der Gelegenheits-begegnungen. Ihre philosophischen Diskurse und ihre orgiastischen Ausbrüche waren zwei Seiten ihrer Beziehung, die eine entflammte die andere, ohne ein Zurück. Philosophie und Sex - es widersprach sich nicht, es war wie biographische Essenz und Vergnügen. Nina war für Emil keine Projektionsfläche für seine offenen Lebensfragen, sondern in ihr verschmolzen der rote und der blaue Stuhl zu einer inneren Konkurrenzlosigkeit seiner verschiedenen Belange. Die Bedeutsamkeit, das Gewicht der vermeintlichen Lebenslügen offenbarte sich angesichts ihrer harmonischen Ambivalenzen als eine moralische Übereifrigkeit. Alles wechselte seinen Stellenwert im Anschein von Nina als Ge-

samtkunstwerk einer widerspruchslosen Lebendigkeit. Vielleicht war seine biographische Arbeit selbst eine Illusion, der Abfolge und dem
Vergleich von Lebensphasen Sinn andichten zu
können, wo Geschichten passierten, die das Leben schrieb. Es war einfach Leben, und Nina
versicherte ihm durch ihre Wesensart und Eigen-
tümlichkeit, dass alle künstlichen Konstruktionen
biographischer Essenzen nicht annähernd das
treffend skizzieren konnten, was das Leben
meinte.